NOTICE HISTORIQUE

SUR

L'ANCIENNE CORPORATION DES CHIRURGIENS

DITE

CONFRÉRIE DE SAINT-COME

PAR

LE Dr DAUCHEZ,

Chef de clinique adjoint de la Faculté de Médecine de Paris,

Ancien interne des hopitaux,

LILLE,

IMPRIMERIE L. DANEL.

—

1884.

NOTICE HISTORIQUE

SUR

L'ANCIENNE CORPORATION DES CHIRURGIENS

DITE

CONFRÉRIE DE SAINT-COME

PAR

LE Dr DAUCHEZ,

Chef de clinique adjoint de la Faculté de Médecine de Paris

Ancien interne des hopitaux.

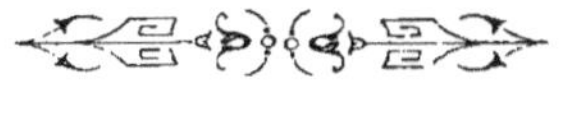

LILLE,

IMPRIMERIE L. DANEL.

—

1884.

NOTICE HISTORIQUE

SUR

L'ANCIENNE CORPORATION DES CHIRURGIENS

DITE CONFRÉRIE DE SAINT-CÔME,

Par le D\u1d63 DAUCHEZ,

Chef de clinique adjoint de la Faculté, ancien interne des hopitaux de Paris (1).

« Consilio manuque mortem arte pellit. »
Devise de la Confrérie de St-Côme.

Au moment où plusieurs de nos confrères, réunis au Mans par les soins de sa Grandeur Mgr d'Outremont sur l'initiative de son dévoué collaborateur M. le D\u1d63 Le Bèle, unissaient leurs efforts pour travailler en commun à restaurer la Confrérie de St-Côme (2), berceau des premiers chirurgiens, il nous a semblé utile de rappeler en peu de mots les origines,

---

(1) L'auteur est heureux d'adresser ici ses remerciements à MM. Pontal, archiviste à Paris, Devaux (de Versailles), ainsi qu'au D\u1d63 R. Petit (de Rennes), qui ont bien voulu lui fournir de précieux documents pour la rédaction de ce travail.

(2) Fondée vers 1250 par J. Pitard, premier chirurgien du roi saint Louis, et abolie après 500 ans d'existence à la fin du XVIII\u1d49 siècle.

les statuts et quelques unes des coutumes de ladite Confrérie.

Mais au préalable il ne sera pas sans intérêt de relater brièvement nos origines médicales.

« Ce fut seulement à la fin du VIIIe siècle que l'enseignement régulier de la médecine s'organisa au royaume de Naples dans l'abbaye du mont Cassin et dans celle de Salerne. Les préceptes de cet enseignement rédigés plus tard en forme d'aphorismes sont restés célèbres longtemps après que les écoles de Salerne et du mont Cassin eurent disparu » (Lacroix) (1). — A la même époque, dit le même auteur, beaucoup d'ecclésiastiques envoyés par le Saint-Siège en qualité de légats apostoliques passèrent en Angleterre, en Écosse et en Irlande pour y fonder des écoles. La médecine était toujours une des branches de la philosophie. » — Fidèle à son rôle le pape (2) s'efforçait de créer des centres universitaires, origine des grandes facultés (3).

En dépit de ces efforts, les réformes de l'enseignement médical se firent encore longtemps attendre. — Pour être maître physicien près la Faculté de Montpellier, il fallait dit la chronique « être clerc et avoir subi un examen devant deux

---

(1) Sciences et lettres au Moyen-Age. Lacroix (bibliophile Jacob), édit. de luxe F. Didot.

(2) Le pape Jean XXII qui, dans sa jeunesse, avait étudié la médecine et composé le « Thesaurus pauperum », ouvrage de médecine populaire, défendit à plusieurs reprises la Faculté de médecine dans les luttes qu'elle eut à soutenir contre l'autorité royale. (Corlieu : l'ancienne Faculté de médecine.)

(3) Au XIIIe siècle, les Facultés de Montpellier, Salerne et Paris, furent instituées par les bulles du pape (bulles 1229, 1293, 1311, 1340, 1345, 1383). — En 1423, l'évêque de Paris fit recommander aux prônes des paroisses, pendant quatre mois, l'emploi des médecins qui, pour la plupart, étaient chanoines de Paris et prenaient le titre de « magister in medicina ». Plus tard, en 1452, le cardinal d'Estouteville, légat du pape, exprima la pensée que les laïques étaient plus propres que d'autres à la profession médicale. Mais cette réforme n'empêcha pas que la Faculté ne demeurât encore ecclésiastique pour être comprise en 1517 dans le Concordat et avoir part aux bénéfices comme précédemment. (De la Peyronnie.)

maistres ou docteurs désignés au sein du collège par l'Évêque de Maguelonne. »

Il n'en était pas de même partout, témoin l'école de Salerne où dominait l'élément laïque, mais où le clergé tenait également une certaine place, puisque nous y voyons figurer des évêques, des prêtres et de simples clercs (1).

Il n'est pas douteux que la Confrérie qui nous occupe n'ait puisé à ses origines mêmes, c'est-à-dire dans les monastères où se conservait la tradition médicale, ses tendances spiritualistes. Avant 1180 (époque à laquelle mourut Louis VII) rien ne distinguait les médecins des chirurgiens. Ces deux titres même étaient ignorés. Jusques à cette époque, l'art de guérir n'était exercé par les mires ou myres (2) ecclésiastiques. Mais un canon du IVe concile de Latran (1215) ayant défendu aux prêtres la pratique des opérations chirurgicales, ceux-ci se virent successivement réduits à ne traiter que certaines maladies accessibles au régime ou curables sans effusion de sang jusqu'au jour où le pape Honorius III, au XIVe siècle leur interdit enfin formellement l'exercice de la médecine (Corlieu).

Telle fut vraisemblablement la cause de la division de la corporation en médecins et chirurgiens, dont les attributions étaient alors confondues comme elles le sont aujourd'hui (3).

A partir de ce moment on distingue, en effet, deux classes d'affiliés à l'art de guérir : 1º Les disciples de Saint Luc comprenant les mires de Paris, Montpellier, Nîmes, Rennes,

---

(1) Daremberg. La Médecine : histoire et doctrine, p. 133.

(2) Du mot latin « mederi », guérir.

(3) Extrait du rapport adressé à M. de la Peyronnie, premier chirurgien du roi. — M. de la Peyronnie, mort le 24 août 1747 et enterré en l'église St-Côme, fut celui qui montra le plus de zèle pour l'honneur de la corporation. Il enrichit sa compagnie de legs considérables. (Cheruel. Dict. hist.)

Mayenne, Vire et Caen (1) ; 2ᵒ Les confrères de Saint-Côme (Chirurgiens et Inciseurs d'une part, Barbiers et Apothicaires de l'autre) qui s'étaient organisés à Paris, Morlaix, Rouen et **au Mans** (2). A Paris notamment, nous voyons la médecine proprement dite, enseignée dans une École spéciale, derrière l'ancien Hôtel-Dieu, rue de la Bûcherie, tandis que les chirurgiens opéraient et professaient dans un dispensaire attenant à l'Église St-Côme dont, à la formation de leur collège, ils avaient obtenu la concession de Guillaume de Paris, alors évêque de la ville « infra muros Domini Regis prope portam de Gibardo, » (Porte St-Michel)

L'Église Saint-Côme, dont fait mention Dom Felibien (3) et dont tout vestige a aujourd'hui disparu, était alors enclavée au centre du quartier Saint-André-des-Arts. Voisine des Cordeliers, dont la séparait l'école de Chirurgie, elle occupait à l'angle de la rue de la Harpe, alors prolongée, les terrains expropriés depuis pour le percement du boulevard Saint-Michel, au point de jonction de la rue Racine.

Resserrée de tous côtés, cette Église d'abord soumise à la juridiction de Saint-Germain des Prés, dont elle s'affranchit plus tard (4), possédait un cimetière et un charnier près duquel on construisit plus tard en 1561, un petit bâtiment où plusieurs

---

(1) A Paris, un usage immémorial voulait que les thèses quodlibitaires exigées chaque semaine des bacheliers en médecine, fussent placées sous l'invocation du Dieu Tout-Puissant, de la Ste-Vierge et de St-Luc.

(2) Dictionnaire des confréries et corporations. Toussaint-Gautier. Paris, Migne, éditeur.

(3) Dom Félibien et Lobineau. Histoire de Paris, pièces justificatives, tome III, p. 115.

(4) Saint-Côme, construit en 1212 aux frais de l'abbé et des religieux de Saint-Germain-des-Prés, resta sous leur patronage jusqu'en 1345. Mais à cette époque ils en furent privés par arrêt du Parlement rendu en faveur de l'Université, à l'occasion d'une querelle survenue entre les domestiques de cette abbaye et les écoles de l'Université. Depuis cet arrêt, l'Université nomma toujours à la cure de St-Come. (Heurtault. Dict. hist.)

chirurgiens visitaient les pauvres malades qui se présentaient. Cet usage remontait à Saint-Louis.

Il paraît résulter de ces documents que le collège chirurgical de St-Côme serait de beaucoup antérieur à l'École de médecine, puisque celle-ci paraît avoir été seulement érigée en 1472. (Dom Felibien).

Voisine et rivale de St-Côme, l'Ecole jusque là sauvée du désordre par la discipline ecclésiastique, exigeait de chaque récipiendaire qu'il s'engageât par serment à observer les lois, règlements et coutumes de la Faculté, à assister à la messe de Saint-Luc (1) en mémoire des confrères défunts, enfin à prononcer le juro sacramentel (2). Le président après avoir tracé un signe de croix sur le bonnet du nouveau gradé, l'en coiffait, lui donnait un léger coup comme pour l'armer chevalier et l'embrassait comme confrère (3).

Tandis que l'observance rigoureuse de ces coutumes préservait l'École encore naissante des dissensions intestines, les disciples de Saint-Côme envahis par les barbiers poursuivaient contre ceux-ci une lutte opiniâtre.

A la guerre sourde avait succédé une guerre ouverte, à

---

(1) Date de la reprise des cours.

(2) Le serment d'Hippocrate est ainsi conçu : En présence de mes maîtres , de mes chers camarades , et de l'effigie d'Hippocrate , je promets et je jure aü ncm de Dieu d'être fidèle aux lois de l'honneur et de la probité dans l'exercice de la médecine, de donner mes soins gratuits à l'indigent et de n'exiger jamais un salaire au-dessus de mon travail. — Admis dans l'intérieur des maisons , mes yeux ne verront pas ce qui s'y passe, ma langue taira les secrets qui me seront confiés, et mon état ne servira pas à corrompre les mœurs ni à favoriser le crime. Respectueux et reconnaissant envers mes maîtres, je rendrai à leurs enfants l'instruction que j'ai reçue de leur père. (Communiqué par le Dr R. Petit, de Rennes.)

(3) Cheruel. Dict. hist. — Le jour de la réception des licenciés (licentiandus), docteurs et licenciés , dit Corlieu , se dirigeaient vers Notre-Dame pour rendre grâces à Dieu de se voir arrivés à la fin de leurs travaux. Là les nouveaux élus juraient devant l'autel de St-Denys de défendre la religion catholique jusques à l'effusion de leur sang (1662).

mesure qu'augmentait l'audace des barbiers trop souvent favo-
risés (1) aux dépens des chirurgiens, à tel point que l'on voit
ceux-ci à bout d'expédients contre leurs adversaires de plus
en plus insoumis, adresser une supplique à l'université : Nous,
vos humbles écoliers et disciples (disaient-ils), nous recourons
à vos vénérables dominations, aux maîtres de la faculté, etc. »
(Lacroix).

Rien n'y fit. Charles V lui-même, quoiqu'affilié à la Confrérie de St-Côme, prit parti pour les barbiers alors tout
puissants. Ce ne fut qu'en 1660, que justice fut rendue aux
maîtres de l'école de chirurgie. — L'honneur en revient à
Louis XIII, né le 27 septembre 1601, fête de Saint-Côme, qui
par un arrêt de 1660 (dom Felibien : pièces justificatives) défendit aux barbiers de prendre qualité de bacheliers, licenciés,
docteurs, professeurs, etc., de donner à leurs élèves le titre
de candidats, de rédiger leurs billets en langue latine, d'user
de termes impératifs, de porter robe et bonnet, sauf pour ceux
qui sont reçus maîtres-ès-arts.

Après ce rapide coup d'œil jeté sur les origines du corps
médical, il nous reste à exposer les services rendus et les
progrès réalisés par la Confrérie de St-Côme, en nous plaçant
successivement au point de vue professionnel et religieux.
Cette étude nous a été rendue attrayante et facile par la lec-
ture des intéressantes monographies récemment publiées sur
les corporations par M. A. Franklin, administrateur-adjoint
de la bibliothèque Mazarine.

Les débuts de la Confrérie (2), comme ceux de toute institu-
tion naissante, furent très modestes. Si loin que nous remon-
tions vers ses origines, nous ne trouvons en effet qu'une

---

(1) Par Louis XI et Charles V notamment.

(2) On pourrait sans doute contester l'expression de confrérie dont nous nous
servons ici, celle-ci étant réservée aux corporations d'artisans. Mais il faut se rappeler qu'avant le XVIIe siècle les chirurgiens vivant de leurs mains (χεῖρ, main),
restaient avec les barbiers confondus dans le mépris que les mires ou médecins
professaient pour tout travail manuel. (A. Franklin.)

Association de quelques barbiers plus résolus que leurs devanciers à soustraire la Corporation à son ignorance.

Dans quel but les membres de la Corporation s'étaient-ils groupés ? Quel était leur esprit et dans quelle mesure étaient-ils unis ? C'est ce qu'il convient de faire ici même ressortir.

Contemporaine ou peu s'en faut de la paroisse St-Côme, où se réunissaient ses membres (1), la nouvelle Confrérie érigée par Saint-Louis dans cette même église, le 25 février 1255, reçut de son fondateur ses premiers règlements (2). — Soumis en 1268 au prévôt de la cité, Étienne Boileau, ses statuts rapportés au livre des métiers entre ceux des chapeliers et des fourbisseurs (3), fixent à six le nombre des jurés chargés de surveiller et d'administrer la communauté, d'examiner les gens qui « s'entremettent de Cyrurgie » enfin interdisent de donner en secret des soins aux criminels « aux mutriez et larrons qui sunt bleciez ou blecent autrui et viennent celeement aux cyrurgiens et se font guérir celeement.» — Après un premier appareil posé ou un premier pansement fait, le chirurgien était tenu d'avertir le prévôt.

On voit par cette citation combien plus est rigoureuse aujourd'hui qu'elle ne l'était alors, l'observance du secret professionnel.

Cependant en dépit des attaques incessantes de la Faculté (1311) et malgré le discrédit (4) dans lequel resta longtemps

---

(1) La Confrérie se réunit d'abord en l'église St-Jacques-la-Boucherie avant de prendre possession de l'église St-Côme. (Corlieu, p. 165)

(2) Corlieu. L'ancienne Faculté de Paris, p. 165. — Avec saint Louis , nous trouvons dans les rangs de la confrérie un grand nombre de médecins illustres : Jean Pitard (1260), Lanfranc (1280), Gui de Chauliac (1363), Ambroise Paré, etc.

(3) Livre des Métiers, titre XCVI. Cité par Franklin, p. 2.

(4) Si un ambitieux chirurgien , dit A. Franklin , honteux de son humble condition , osait se présenter à la licence en médecine , il étoit tenu de s'engager par acte dressé devant notaire (Statut. fac. medic., 1334, art. XXIV) à ne plus pratiquer aucune opération , car (disaient les médecins) il convient de garder pure e intacte la dignité de l'ordre des médecins.

encore l'exercice de la chirurgie, Philippe-le-Bel poursuivant l'œuvie de Saint-Louis, exigea des chirurgiens qu'ils se présentassent aux examens de l'Ecole de chirurgie. Cette mesure salutaire propre à relever le niveau des études, en réveillant les susceptibilités de la Faculté rivale, rendit plus profond encore le différend qui divisait déjà les deux branches du corps médical.

Bientôt pourtant, en raison même de l'émulation réveillée à St-Côme par le voisinage de la Faculté, le nombre et la valeur des membres du collège chirurgical allaient toujours croissant. Déjà les étudiants les plus instruits étaient seuls admis à la maîtrise de St-Côme. On exigeait en outre, qu'ils fussent bacheliers. Pour ne le céder en rien aux mires de l'époque, ils devaient disserter en latin, produire un « bon certificat » et payer deux écus d'or. En outre et comme garantie, le nombre des chirurgiens jurés, s'était accru de quatre membres.

Un siècle durant, la lutte se poursuivit ainsi entre St-Côme et la Faculté, chacune d'elles, imposant à ses candidats (pour l'honneur de la caste) des épreuves de plus en plus difficiles. Tandis que les chirurgiens intéressés à s'allier les mires de la Faculté(1) rendaient inaccessible aux illétrés l'accès de Saint-Côme, les barbiers de leur côté, aristocrates dans leur démocratie, éliminaient quelques aspirants. A l'approche des examens, on requérait pour l'épreuve pratique « un pauvre diable » barbu et hérissé comme un sanglier. On l'amenait devant les jurés rangés sur leur banc ; il fallait que l'aspirant le rasât lestement. On choisissait ensuite quelque gros paysan dont l'embonpoint dissimulait toutes les veines, et le candidat était tenu de le saigner sans hésitation (2).

Au milieu de ces discordes, un seul lien unissait tous ces

---

(1) Seuls médecins à robe longue, les chirurgiens portaient la robe courte et les barbiers l'épée.

(2) A. Franklin. Les corporations ouvrières (pages 5 et 6).

dissidents : la croyance religieuse. A la Faculté (1) nous voyons dès l'année 1502, le doyen Jean Guichard à l'inauguration de la chapelle attenante à l'Ecole doter celle-ci d'un calice et des ornements sacrés (2). Nous avons déjà dit à quelles conditions étaient admis les récipiendaires : l'assistance à la messe le 18 octobre, fête de St-Luc (3) pour les confrères décédés, le célibat (longtemps réservé aux docteurs régents), enfin la bénédiction magistrale du doyen, aussitôt suivie de l'accolade confraternelle.

A Saint-Côme, il en était de même. En 1465 nous lisons dans les statuts « que les dix maistres barbiers peuvent établir et avoir une confrairie en l'honneur de Dieu et des benoitz Saint-Cosme et Damyen au lieu convenable es bonnes villes de notre royaulme ou bon leur semblera et que pour faire le divin office, ils puissent s'assembler pour le dict fait à quand besoin en sera et payeront chacun lesdits barbiers, chacun quand ils seront passez maistres, cent solz tournois pour accroître et multiplier la dite confrairie, affin que à l'aide de Dieu et d'iceulx glorieux Saint Cosme et Saint Damyen puissent plus seurement ouvrir es corps humains. »

---

(1) Nous devrions dire « A l'École », la création de la Faculté remontant seulement à 1808.

(2) Dom Félibien, tome II, p. 867.

(3) Le jour de St-Luc, fête patronale des médecins orthodoxes et jour de rentrée des É oles, le curé de St-Étienne-du-Mont, invité officiellement huit jours avant par les bacheliers en médecine, célébrait une messe solennelle dite messe de St-Luc. Le doyen s'avançait à l'autel pour offrir un présent au prêtre officiant. (Corlieu. L'ancienne Faculté de médecine, 1877, p. 18, 19 et 20.)

Aux fêtes patronales (St-Nicolas, St-Luc et Ste-Catherine), chaque société locale arborait sa bannière symbolique dont les différents sujets rappelaient les titres des membres fondateurs. Celles des mires de Caen et de Mayenne avaient pour armoiries « d'azur à 1 et 2 boîtes d'argent couvertes ». Au Mans, l'écusson portait trois lancettes ouvertes avec scie en boucle (point central de l'écusson), tandis que les chirurgiens de Saintes, d'une souche plus modeste, conservaient le double rasoir, la lancette et le plat à barbe des barbiers leurs ancêtres. L'armorial général ne fait pas mention de la devise « Consilio manuque » ni de la fleur de lys accordée par Louis XIII à la bannière de St-Côme par l'article XIII des statuts de 1601.

C'était donc une même pensée de foi qui réunissait chaque année à Luzarches (ou étaient transférées les reliques des Saints Côme et Damien) tous les membres du collège chirurgical, prescription à laquelle se conformaient aussi les élèves et professeurs de l'Ecole en prenant leurs grades. D'ailleurs la contrainte n'était pas nécessaire au temps où vivaient Saint-Louis (1), Louis XIII et ses successeurs, comme le prouve l'ordonnance royale, en date du 8 mars 1712 (2) par laquelle le grand roi demande aux médecins d'avertir les malades de se confesser.

En somme, la fidélité aux croyances et le respect que professaient alors pour elles tous les membres du corps médical, ne sauraient être mis en doute. Bien plus, l'assistance spi rituelle jouait un grand rôle dans les relations confraternelles de l'époque, ainsi que l'attestent quelques-uns des statuts suivants :

ART. II. — Chacun devra assister le lendemain de la fête de St-Côme à la messe des morts pour les maîtres décédés.

ART. V. — Tous les maîtres avertis par le prévot devront paraître à l'enterrement du maître décédé.

ART. VI. — Chaque maître aidera en particulier suivant la mesure de ses ressources ceux des maîtres tombés dans l'indigence.

ART. XV. — Le maître qui en aura offensé un autre se soumettra au jugement de la compagnie (collegii), pour la satisfaction de l'amende, à peine de parjure et d'infamie et d'être exclu de l'École.

ART. XXV. — Le prévot nommé pour deux ans, jurera de soutenir les droits, les privilèges, la liberté et l'honneur de

---

(1) Saint Louis se fit affilier par son chirurgien, P. de Brosse, à la confrérie de St-Côme qu'il aimait tendrement et qu'il protégeait toujours. (Dom Félibien.)

(2) Ordonnances du Louvre. (Pontal.)

l'École, de l'avertir de ce qui peut intéresser sa réputation, ses interêts, sa discipline, de ne rien entreprendre sans son aveu, si ce n'est dans les cas pressants.

ART. XXVI. — ...... de n'être fâcheux à personne et de se comporter avec douceur, gravité, prudence et modestie. Il sera en outre chargé de poursuivre les empiriques, les barbiers chassés de l'école et autres gens de mauvaises mœurs que tout clerc doit s'abstenir de fréquenter (art. XXXIX).

Ainsi à s'en tenir simplement aux faits, la confraternité s'étendait alors dans le corps médical, par de là le tombeau. Tel était encore à cette époque le respect des croyances que les barbiers eux-mêmes, après s'être introduits dans les rangs de la faculté, dont ils préparaient les cours à l'égal de nos prosecteurs (1577) s'astreignaient au repos dominical. Indépendamment de l'interdiction de pratiquer la barberie « fors saignier et pugnier à certains jours de fête (1) il lui était enjoint de vivre honnestement car quiconque était convaincu de « bourdellerie » ou d'immoralité avait aussitôt sa boutique fermée. Ses outils « chaïeres, bacins et rasoirs » étaient confisqués moitié au profit du roi, moitié au profit du maître des métiers. La même sentence s'appliquait à toute personne convaincue d'exercer à Paris l'art de chirurgie, sans avoir subi d'examen auquel cas, don était fait à la confrérie de St-Côme de la moitié des amendes imposées aux contrevenants (2). A

---

(1) L'article VI des statuts est ainsi formulé : « Qu'aucun barbier ne doit faire office ou heuvre de barberie aux V festes N.-Dame , St-Côme , St-Damien , la Tiphanie, aux III festes solemnelz et ne doit pendre bacins aux féries de Noël, de Pasques et de la Penteco te, snr la dite painne d'amende de V sols. »

Les statuts de 1751 , signés du doyen Baron , portent qu'aux jours de fête, la messe serait célébrée solennellement , que chaque samedi six docteurs, assistés de six licenciés , entendraient la messe avant la consultation (art. II). Outre le certificat de bonne vie et mœurs , les aspirants devaient produire l'acte de baptême et l'inscription au cours de philosophie (art IV et V) . Corlieu , édit. lat. de Guillau.

(2) Ordonnances du Louvre, tome VI, p. 626. (Pontal.)

mesure que la chirurgie progressait en France, grâce au libéralisme éclairé, dont les jurés de St-Côme fournirent la preuve en admettant dans leur sein, l'habile mais illétré (1) Ambroise Paré (1536) le prestige de la confrérie allait toujours croissant. Ses ressources prélevées sur les recettes de ses membres augmentaient bientôt en proportion de la notoriété de chacun d'eux. On imposait les spécialistes de l'époque ; les Inciseurs ou grands opérateurs étaient astreints à verser « treize blancs » par chaque opération de taille, cataracte ou kélotomie (2).

Tant d'efforts ne pouvaient rester infructueux. En 1743, sur la représentation des chirurgiens de la ville de Paris, le chancelier d'Aguesseau, résolu d'exclure à tout jamais de la docte corporation, la plèbe des illétrés déclara que la qualité de maître es arts serait dorénavant exigée de tout aspirant à l'exercice de la chirurgie. Il n'en fallut pas d'avantage, pour mettre en déroute, tout le corps de la barberie, qui dût s'avouer vaincu et rentrer à tout jamais dans l'ombre. Dès lors, la distinction entre barbiers et chirurgiens s'accuse de plus en plus ; ceux-ci s'étant peu à peu constitués en corps savant et répudiant sans conteste toute immixtion avec leurs anciens rivaux. Fondée en 1731, l'académie de chirurgie partagea plus tard en 1793, le sort de l'Église de St-Côme. Comme elle et avec elle, l'académie fut emportée par la tourmente révolutionnaire (Bouillet).

Nous savons maintenant quel fut le sort de la corporation à la fin du XVIII⁰ siècle. L'édit de Turgot (1774-1776) avait déjà dispersé le collège médical de St-Luc et celui des chirurgiens (St-Côme) dont il n'est plus fait mention avant 1839. A cette époque rapporte M. le docteur Petit (de Rennes) le Réverend Père Lacordaire, soucieux de restaurer la vieille confrérie médicale rétablit à Paris le collège de St-Luc, mais cette tentative n'eut pas de durée. Cette confrérie naissante avait

---

(1) Ambroise Paré ignorait le latin : on viola les règlements en sa faveur.

(2) Quesnay. Origine de la chirurgie, p. 399 (cité par Franklin).

adopté pour l'usage de ses membres un catéchisme philoso-
phique et médical, dont le texte fut publié en décembre 1847,
par la revue d'anthropologie catholique. Ce catéchisme médical traitait de l'homme, de la santé, de la souffrance, de la
maladie de la mort et de la médecine. Son but était de présenter quelques vérités générales applicables aux faits purement
médicaux.

Notre tâche est terminée, nous avons montré l'Eglise créant,
développant et perfectionnant le corps chirurgical par la confrérie de St-Côme. Nous avons fait voir quelle précieuse
influence cette confrérie exerçait sur chacun de ses membres,
nous ne saurions mieux faire pour résumer toute notre pensée
que de terminer cette étude par quelques lignes du plus
illustre chirurgien du XIVe siècle Gui de Chauliac, juré de
St-Côme : « Le chirurgien, dit-il, doit être lettré, ingénieux, et
» bien morigéné, hardi en choses sûres, craintif en danger,
» gracieux au malade, bienveillant à ses compagnons, sage en
» ses prédictions, chaste, sobre, pitoyable, compatissant et
» miséricordieux, non convoiteux, ni extorsionnaire d'argent.
» mais qu'il reçoive modérement salaire, selon son travail,
» selon les facultés du malade, sa qualité, l'issu de l'événe-
» ment ou sa propre dignité. »

LILLE. — IMPRIMERIE L. DANEL.